KB120600

젬피

시작시인선 0228 젬피

1판 1쇄 펴낸날 2017년 4월 10일
지은이 신형주
펴낸이 이재무
책임편집 박은정
디자인 이영은
펴낸곳 (주)천년의시작
등록번호 제301-2012-033호
등록일자 2006년 1월 10일
주소 (04618) 서울시 중구 동호로27길 30, 413호(묵정동, 대학문화원)
전화 02-723-8668
팩스 02-723-8630
홈페이지 www.poempoem.com
이메일 poemsijak@hanmail.net

ⓒ신형주, 2017, printed in Seoul, Korea

ISBN 978-89-6021-319-7 04810
     978-89-6021-069-1 04810(세트)

값 9,000원

젬피

신형주

천년의시작

시인의 말

첫 시집,
무골에서 비로소 시의 척추가 생겼다
이제야 바로 설 수 있겠다

작품이 입을 열면 작가는 입을 다물어야 한다
—프리드리히 니체

차 례

시인의 말

제1부

사과는 좋은 거예요 ——— 13

울음 우물 ——— 14

타타타 ——— 16

몽블랑 ——— 18

오리 ——— 19

당신.com ——— 20

히레사케 ——— 22

사랑 1 ——— 23

가족 냄새 ——— 24

사랑의 와이파이 존 ——— 26

나무의 귀 ——— 27

비와 悲 ——— 28

해바라기 ——— 29

침묵 ——— 30

시의 우물 ——— 32

제2부

미수米壽 ——— 35

우울의 힘 ——— 36

얼룩 ——— 38

눈빛 샤워 ——— 40

3분 ——— 41

외즉영 ——— 42

하얀 이별 ——— 43

낙석 ——— 44

감자에 싹이 나서 잎이 나면 ——— 45

정오의 악보 ——— 46

마음의 귀 ——— 47

맑은 탁류 ——— 48

별 ——— 49

등목 ——— 50

침 ——— 52

스키드마크 ——— 53

제3부

밑줄을 긋다 ——— 57

어떡하지 ——— 58

황홀한 유배 ——— 60

소리의 안부 ——— 61

슬픈 연애 ——— 62

소문 ——— 63

제5의 계절 ——— 64

희망의 촉수 ——— 66

일어서라 詩여 ——— 68

식사대사가 생사대사 ——— 69

그리움의 속도는 무제한이다 ——— 70

희망역 ——— 72

라이, 라이어 ——— 73

나무의 노래 ——— 74

벚꽃 개업식 ——— 75

제4부

프리지어 ──── 79

빛의 데시벨 ──── 80

냄새 ──── 81

깔딱 고개 ──── 82

휘청거리는 오후 ──── 83

와각 ──── 84

이별 ──── 85

사랑 2 ──── 86

현무암 ──── 87

남편을 낳다 ──── 88

복분자 ──── 89

꽃, 지저귀다 ──── 90

형광펜 ──── 91

연 ──── 92

구름은 경계가 없다 ──── 93

나이테는 왜 둥근가 ──── 94

아버지와 나 ──── 96

해설

유성호 '사랑'과 '고요'를 담은 역설逆說의 미학 ──── 93

제1부

사과는 좋은 거예요

사과는 좋은 거예요
사과 한 알 익는 데는 오랜 시간이 필요하죠
사과를 들고 와 문을 두드릴 때의 두근거리는,
모나지 않고 데굴데굴 구를 수 있는 마음
저 홀로 빨갛게 익은 시간

두 손 위에 공손히 올려놓은 마음 한 알
먼저 향기를 드세요 껍질째 드세요
주는 사람 받는 사람 사이좋게

잘 익는 사과를 먹으면 마음의 미인이 되지요
스티브 잡스의 사과처럼
사과는 서로에게 소통을 깨닫게 해줘요
사과는 명사가 아닌 동사, 마음이 마음을 움직이죠

마음에 사과나무 한 그루씩 키워보면 어떨까요

아삭, 베어 물면 화해의 맛 주르르
사과는 좋은 거예요

울음 우물

그녀의 울음 우물 들여다본 적 있었지
깊이를 알 수 없는 어둠, 내 호기심의 옷자락 잡아당겼지

그녀의 이름 부르자 우물 벽 타고 튕겨 올라오던 에코
몇 초 후 다시 벽을 타고 미끄러져 내려가더군

갱도처럼 아래로 아래로 파 내려간 울음 우물
그녀의 몸은 늘 젖어 있었지

그녀가 언젠가 울음의 맛에 대해 들려준 적 있었지
울음이 짠맛이라는 것은 고정관념이라 했지
사카린 세 스푼 넣은 울음은
달짝지근하고 감미롭다고 했지
프로포폴 몇 방울 녹인 울음은
잠을 데리고 와 꿀맛 같다고 했지
성체를 혀에 녹인 듯한 울음은
無의 맛, 종교에 가깝다고 했지
그녀의 우물 속에는 여러 맛의 울음 들어차 있지

울음을 길어 올리는 건

의지 반 타의 반

울음을 길어 올리는 시간은

무시로

울음 우물 흘러넘치면

흰긴수염고래들 주파수로 동료를 찾아가듯

울음은 먼 곳의 울음을 듣게 되지

울음들 서로 만나 민낯 부비며

언어가 되고 아픔이 되고 위로가 되지

타타타

작은 암자 대웅전 안에서 흘러나오는 목탁 소리
똑, 똑, 똑
살구나무로 만들었다는 목탁 두드리자
제 몸에 간직했던 살구꽃 향
두타산으로 퍼진다

건들거리던 봄바람
살구나무 그늘 아래 잠시 쉬어가고
어린 살구꽃 봉오리
제 고향 소리 들으며
타, 타, 타 여래 되어
서로서로 몸 조금씩 연다

푸드덕
산 꿩 한 마리
고요를 깨며 날아오른다

그새 활짝 피어난 살구꽃 처녀들 수줍고
음흉한 봄바람
연분홍 치마 같은 행화 꽃잎 속으로

손 집어넣어 보드라운 향기 더듬는다

몽블랑

알프스 산맥 최고봉 몽블랑
높이 4,810m 흰 산이라는 뜻의 설산

1786년 J.발마와 M.파카르가 처음 정복한 산
수많은 산악인이 피켈과 아이젠으로
빙하의 암벽에 길을 만들며 오른 산

몽블랑 스타
14K 육각형 펜촉에 4810이 새겨진 만년필
한 자루 만드는 데 6주 걸린다고 한다

만년필로 시를 쓴다
모세혈관을 타고 빠져나온 시어들
험준한 백지를 오른다
몽블랑 최고봉의 문장을 위한 외로운 등정
춥고 시린 등로에서 그대의 미소를 쬐고 싶다

만년필로 만년필萬年筆 하리라

오리

물이 펄펄 끓고 있는 솥 수돗가로 나온 어머니는 저녁을 단칼에 베기라도 할 듯 입을 앙다물고 칼을 갈았다 오리의 노란 다리에는 빨간 나일론 끈이 리본처럼 묶여 있었다 잘 벼려진 칼이 오리를 향해 성큼성큼 다가갔다 어머니는 오리 몸통을 다리 사이에 끼고 한 손으로 모가지를 쥐어 잡았다 칼날이 오리 목을 스치자 쿨쿨 쏟아지는 선홍빛 피 나는 축 늘어진 오리 목에 얼른 사발을 갖다 대었다 어머니 앞섶과 내 손등으로 피가 튀었다 하얀 사기그릇이 따뜻해졌다 아버지는 코를 찡긋거리며 피를 들이켰고 마지막 한 방울까지 다 마실 수 있도록 아버지 콧등까지 사발을 기울여주는 어머니의 목이 길어졌다 두레상에 올라온 오리 백숙 고기를 뜯던 아버지는 가끔 일그러지게 웃었고 어머니는 아버지의 침 묻은 입가를 연신 닦아주었다 나는 볼따구니 미어터지게 입안에 고기를 넣고 우적거리며 수돗가 쪽을 힐끔거렸다

당신.com

칠흑 같은 산중 저 멀리
홀로 불빛 새어 나오는 집
당신이 살고 있다 했지요
길을 잡아당겨 클릭,
클릭해서 찾아간 그곳
무당벌레 같은 지붕을 얹은 오두막 한 채
뒤란엔 대숲 소리 소소소소 요란했죠
반가운 미소가 환해지던 그곳
양푼에 메밀 비빔국수를 비벼 먹다
입가에 묻은 고추장을 닦아주며 낄낄대던 그곳

너른 품 안에서 종달새 지저귀듯
종알종알 투정 즐거웠던 그곳
둘이 있으면 두 마음 동백처럼 붉어지던 그곳
댓돌 위 두 켤레 신발 속에
달빛 고여 출렁대던 곳

나의 은신처
너의 도피처
우리들 사랑의 주소

그러나

이젠 찾을 수 없는 도메인,

당신.com

히레사케

눈발 날리는 오후 다섯 시 버스 정류장
지갑에서 명함 꺼낼 때 슬픔 한 장도 같이 툭,
떨어지는 사내라면 먼저 다가가서 말 걸어보고 싶네

감히 실례하고 싶어지네

히레사케 한 잔 마시자 청하겠네

내 슬픔의 지느러미 몰래 그에게만 보여주고 싶네
겨울밤 한가운데를 유영하며
우리는 밤늦도록 슬픔을 권할 것이네
서로의 아픔에게 맞절하고
맞담배 피우며 슬픔의 연기 나눠 마시겠네

심해心海 밑바닥에 두툴두툴 솟아 있는 상처들을 위해 건
배하겠네
새벽이 오는 것도 모르는 채

사랑 1

인터넷 서핑을 하다 보니
뱀은 대가리를 눌러야 꼼짝 못 하고
닭은 양 날갯죽지를 잡아채야 꼼짝 못 하고
토끼는 양쪽 귀를 모아 잡아야 꼼짝 못 하고
돼지는 뒷다리를 묶으면 꼼짝 못 한다고 한다

그럼 사람은
마음 묶이면 꼼짝 못 하겠지
그에게 얼른 문자한다
이봐요 당신
나 좀 풀어줄래요
다시 문자한다
아니 아니에요
황홀한 결박
오래오래 즐길래요
오 당신은 타고난 사냥꾼인 걸요

가족 냄새

전철이나 버스를 타면 사람이 지나갈 때 훅, 순간 코끝을 스치는 냄새가 있다 나프탈렌, 좀약이다 계절이 바뀌었음을 알 수 있다 냄새를 타고 추억 속으로 여행을 떠난다

엄마는 여름이 오기 전에 분홍, 초록, 흰색인 비누 같고 큰 사탕 같기도 한 나프탈렌을 신문지를 찢어 한 개씩 싸서 장롱에 넣어두었다 이불 사이사이, 칸칸 서랍마다 보물을 숨기듯 꾹꾹 박아 넣었다 어릴 적엔 그 냄새가 왜 그리 독하고 싫었는지 모른다 장롱을 열 때마다 냄새 몇 알들이 먼저 발밑에 떨어져 나뒹굴었다 훌쩍 여름이 자라고 내 키도 조금 커졌다 엄마가 연탄 가게에 많은 양의 연탄을 주문할 때쯤이면 찬바람도 우리 집 창밖에 서성거리고 있었다 옷장에서 두꺼운 옷을 꺼내 입었다 아버지 오빠 언니 옷에서도 같은 냄새가 났다 냄새를 껴입고 출근하고 등교를 했다 버스를 타면 나와 같은 냄새가 앞사람 옆 사람 뒷사람한테서 났다 버스가 흔들릴 때마다 냄새도 출렁거렸다

계절이 여러 번 바뀌고 옷을 정리할 때 구석구석에서 나오던 알맹이 없는 빈 껍데기 신문지는 늘 고개를 갸웃거리게 만들었다 나프탈렌들은 다 어디로 사라진 걸까

옷에 좀이 슬듯 기억의 옷에도 좀이 슨다 우리들의 추억을 야금야금 갉아먹는다 시간은 추억을 휘발시킨다 지금 이 순간도 서서히 사라져가는 색색의 동그란 기억들이 우련하다

사랑의 와이파이 존

벚꽃 아래 벤치마다 쌍쌍의 연인들
끌어안고 쓰다듬고 뽀뽀하고
몸으로 통화 중이다
하나가 된 몸에 핑크빛 전류 흐르고
벚꽃 향기를 무선으로 사용할 수 있는
여기는 사랑의 와이파이 존
사용량 무제한 요금은 무료

나무의 귀

마른 목이버섯을 물에 담갔다
시간이 지난 후
야들야들하고 순해진 버섯들

목이木耳
뽕나무, 참나무, 물푸레나무 등속
고목에 붙어 소리 먹고 자란 나무의 귀

산 꿩의 구애 소리
상수리나무 떠나는 도토리들
땅 밟는 소리
한낮 후두둑 다녀가는 소나기 발소리들
깊은 밤 꺽꺽 산 우는 소리

흑갈색으로 변한 물
통통해진 귀들이 저마다의 소리를 내뱉고 있다
꽃처럼 피어나는 와자지껄한 고요 몇 송이

비와 悲

소나기가 온다
재수하는 아들 마중하러
우산 들고 나가는데
남편이 한마디 한다
다 큰 사내 녀석이 비 좀 맞으면 어때서

정거장에서 기다린다
우산을 썼는데도 사납게 달려드는 비
신발이 젖는다

아들이 살아가며 맞아야 할
悲의 총량을
몇 리터만이라도 덜어줄 수 있다면

온종일 피곤에 흠뻑 젖은 아들이 내린다

해바라기

나는 당신의 스카이라이프
아침에 떠오르는 햇귀
내 몸의 스위치를 켠다
당신 바라기 ON&ON
당신만을 향해
주파수를 보내는
단 하나의 채널, 노란 고집

내 마음을 시청하시길

보이나요
동그란 마음 한가운데
빼곡히 들어찬 슬픔들이

침묵

만약 소리에도 먹이 사슬이 있다면
침묵이 맨 위에 있겠지
그는 세상의 모든 소리들을 잡아먹는
제일 무서운 포식자야

낮을 집어삼킨 한밤의 침묵
그의 앞에 앉아 있으면
내 안의 들끓던 소리들이
그의 아가리 속으로
통째로 빨려 들어가는 것 같아

그렇게 나의 울음도
그에게 여러 번 먹힌 적 있었지
하지만 희한하게
그는 먹었던 소리들을
절대 배설하지 않아

오늘도 먹이를 찾고 있는 그의 굶주린 눈빛
흑표범의 야광 눈처럼 빛나네

그는 가장 위대하고 시끄러운 소리라네

시의 우물

詩井,
내 마음의 뒤란에 우물 하나 갖고 싶었지
하늘과 바람과 별과 당신의 소리들이 고여 있는 우물
감각의 샘 퐁퐁 솟아나고
사이다처럼 톡 쏘는 샘이 깊은 우물

시간이 지날수록 마른 우물

빈 우물 들킬까 겁나고 두려웠지
밤길을 걷고 걸어
남의 우물에서 물을 길어와 쏟아부었지
조심, 조심해도 길바닥에 흘린 비유들
우물은 금세 바닥을 드러냈고
사람들은 손가락질하며 비아냥거렸지
그 물맛은 가짜야라고

詩井,
내 마음이 우러나와 고이는 우물이었어

제2부

미수米壽

지난 주말 생신을 맞은 이모, 올해 미수米壽다

88세, 미수米壽에 왜 쌀米를 쓸까 궁금해서 찾아보니 한자
八八을 합친 모양이란다 또 88을 가만히 뉘어놓고 보니 ∞
∞ ∞ ∞ ∞ 생쌀 같다 쌀이 목숨 앞에 붙는 이유를 알 것 같
다 밥을 목숨보다 귀하게 여기고 살았던 이모에게 어울리는
말이다 이모 평생 간직했던 꿈은 미수未遂에 그쳤다

미수眉壽를 곱게 보지 않는 세상을 살고 있어도 팔팔을 가
장한 채 그녀는 손톱에 빨강 매니큐어를 칠하고 노인 복지
관에서 걸그룹 음악에 맞춰 아쿠아로빅 수영을 한다

집으로 돌아가는 길
전철 안에서 미수微睡에 빠진 그녀, 비에 젖은 붉은 칸나
처럼 앉아 있다
살짝 불러보고 싶다 미수美秀야
늙은 소녀가 눈을 뜬다

우울의 힘

늘 지니고 다니는 우울 한 갑
한 개비 꺼내어 피웠다
후 후 후 후
박하 맛이다

아직도 우울을 숨어서 피우세요
창피는 구겨서 쓰레기통에 던지세요
암막 커튼을 찢고 창을 활짝 여세요

공원 벤치에 다리 꼬고 앉아
산책 나온 사람들을 향해
맘껏 우울을 뿜어봐요
아마 당신을 향한 비웃음도
방금 전에 우울 한 대 피우고 나왔을 걸요
은밀하게 황홀하게
웃음을 가장한 우울들

당당하게 우울을 즐기세요
세상은 우울한 공기 저장 탱크
한 모금 한 모금 힘껏 빨아들여 보세요

어때요 짜릿하죠

우울도 뭉치면 힘이 되죠
이제 수많은 우울 氏들 불러 모아
거짓 희망이나 함부로 내리쬐는
저까짓 시든 태양, 갈아 치우자고요

얼룩

백화점에서 쇼핑하는데
디스플레이된 노란 니트
한눈에 나를 사로잡는다
눈치 빠른 점원 다가오더니
한 번 입어보세요
잘 어울리시겠어요

무언가에 홀린 듯 옷을 받아들고 피팅룸으로 들어가는데
점원 아가씨 내 뒤통수에 대고 친절한 협박을 한다
파운데이션이나 립스틱
묻지 않게 조심하세요

니트에 화장품이 묻을까 조심조심 입어보다
문득,

그냥 입어만 보고 싶었던 사람이 있었다
내 몸에 걸쳤을 때 근사하게 어울릴 것만 같아서
느낌에 잘 어울릴 것만 같아서
얼룩을 남기지 않으려고 안간힘 쓰다
제자리에 두고 온 사람

보는 것하고 좀 다르네요
점원에게 옷을 돌려주고
서둘러 매장을 빠져나온다

눈빛 샤워

전철 안 연인으로 보이는 두 사람
눈빛 샤워 중이다
서로를 닦아주고 씻겨주며 빛내고 있다
옆에 있는 나한테까지 튄다 앗 뜨거
전철 안 온도 2도는 올라가겠다

3분

야식 먹으러 동료와 편의점을 들렀네
전자레인지에 컵라면을 넣고 3분을 눌렀네
그 앞에서 기다리는 3분은 길었네

카레
짜장
밥
3분을 기다리면 허기가 채워지네

생명을 살리는 기적
심폐소생술은 3분 안에 해야 한다네

김 부장
3분이라고 기죽지 마시게
180초, 당당히 2세를 만들어내지 않았는가

와즉영*

나는 오목한 것들을 사랑한다

아기 이유식 떠먹이는 앙증맞은 숟가락

제비 새끼 빼곡히 들어앉은 둥지

퇴근길 허위허위 돌아온 아버지의 허기 채워줄 밥공기

봄날 묵언 수행 중인 비구니 선방의 禪향기 오롯이 담긴 茶器

여름비 내리는 처마 밑 낙숫물 묵묵히 받아내는 양동이

가을 햇살 온몸으로 견뎌낸 빨간 고추 가득 들어앉아 있는 광주리

겨울밤 별빛 담긴 정화수 그릇

오목해야 찰 수 있다

마음 그릇 오목하게 만들어 진한 사랑 찰방찰방 담고 싶다

* 노자 와즉영窪卽盈.

하얀 이별

하굣길 친구와 아이스바를 먹으며 재잘거리고 골목 어귀에 들어서면 멀리서도 내 목소리를 맡고 어김없이 백구가 달려왔다 하지만 그날은 골목이 빈 학교 운동장처럼 썰렁했다 대문을 박차고 들어서는 순간 알았다 그가 팔려갔다는 것을 덤불로 가려져 있는 개집을 바라보자 코끝에 매운바람이 불었다 엄마가 새엄마같이 느껴졌다 백구가 아닌 내가 내동댕이쳐진 기분이었다 며칠 전부터 이빨이 유난히 누렇고 피부가 새까만 개장수가 뻔질나게 골목을 휘젓고 다녔고 전날 일요일에는 평소 개를 썩 좋아하지 않았던 엄마가 웬일인지 개밥을 주며 백구 머리를 쓰다듬어 주던 모습이 스쳐 갔다 안방 문을 열자 빠른 손놀림으로 봉투를 붙이던 엄마가 무심하게 한마디 했다 얼른 씻고 밥 먹어라 쾅, 문을 세차게 닫고 연탄 쌓아놓은 뒤란으로 뛰어가 주저앉아 서럽게 울었다 그렇게 백구와 하얀 이별을 했다 날 찾지 않는 엄마가 더욱 밉고 서러웠다 된장찌개 냄새가 설핏 잠든 나를 흔들어 깨웠다 화장실로 가려고 털레털레 현관 앞을 지나는데 나뒹굴어진 신발들 한쪽 구석에 하얀 새 운동화 한 켤레가 백구처럼 얌전하게 나를 기다리고 있는 게 아닌가 백구가 보고 싶은 마음과 엄마한테 미안한 마음이 시소 타듯 오르락내리락하던 하얀 밤이었다

낙석

인제읍과 기린면을 잇는 31번 국도에서
낙석 수백 톤이 떨어졌습니다
TV 화면 속 나뒹굴어진 낙석과 찌그러진 자동차들

산간 국도에서 만나는 경고문
낙석 주의
운전할 때 조심하게 되는 구간
낙석은 불시에 떨어지며 가속도가 붙는다

사랑에도 낙석 구간이 있을까
만나야 될 사람은 만나게 되는
순간의 접점
옹벽이나 피암 터널을 만들어도
떨어지는 순간
맞으면 가슴을 뚫어놓고
갈 길을 막아서는 사랑은,

감자에 싹이 나서 잎이 나면

살림을 도대체 어떻게 하는 거야
남편 잔소리 화살처럼 날아와 등 뒤에 꽂힌다
한두 번도 아니고 말이야
잔뜩 사다 놓고 싹이 날 때까지
어라 잎사귀도 생겼네
뭐하고 돌아다니길래
한마디 대꾸도 안 하고
검은 비닐봉지에 담아
슬그머니 밖으로 나가서 버리고 왔다
당신 오늘 독을 건드렸어
들어오자마자 방문 걸어 닫고
침대에 누워 신문 보는 남편에게 쏘아붙였다
감자에 싹 난 것만 보이고
마누라 마음에 독이 자라서 줄기가 무성한 건 안 보이냐
당신은 이제 독毒 안에 든 쥐야

정오의 악보

소격동 공사장
채 마르지 않은 시멘트 바닥에 햇살이 발자국을 남기고

참새 무리들 공사 현장으로 날아듭니다
오선지 같은 철골 위로 참새들 음표처럼 앉아 있지요

라

솔솔

파   파

미미

레   레

도

바람이 군데군데 4분 쉼표를 그려놓고 갑니다

정오의 악보 한 페이지 펼쳐져 있지요

마음의 귀

마음에 귀가 있다
아픈 소리를 잘 듣는

귀의 골목길에 환한 등 켜놓고
돌부리 치워놓자
찾아오는 소리들 다치지 않게

들어준다는 것은 온몸으로 대꾸하는 것
진심이 흐르는 강물을 같이 건너는 것

청聽이란 글자를 보면
커다란 임금님 귀와
열 개의 눈,
그 밑에 마음 하나 겸손하다

사람들이 슬픈 소리 토해놓을 땐
사물들이 속삭이며 말을 할 땐
청聽하라

오롯이 받아 적으면 시詩가 되어
걸어 나오는 골목,

맑은 탁류

미꾸라지가 많은 물은 맑다

들끓는 고요
개울을 들여다보던 그때

미꾸라지 서너 마리
진흙 속에서 요동친다
흙탕물을 일으키자 뿌옇게 변하는 개울

진흙 바닥에 살고 있는 수많은 미꾸라지들
그들이 물의 자정력

미꾸라지가 많은 물은 건강하다

별

가슴에 별을 간직한 사람은

어둠 속에서 길을 잃지 않는다

소멸하는 빛 흐느끼고

별이 낡은 구두를 벗어놓는다

절대 고독, 허공에 한 획 긋는다

별을 삼킨 강 뒤척인다

가슴에서 별이 빠져나간 사람은

어둠 속에서 절벽을 만난다

등목

일요일 한낮 대청마루
오수에 빠진 아버지를 말복 더위가 흔들어 깨웠다

손부채질하다 말고 벌떡 일어나 수건 들고
우물가로 가는 아버지
종이 인형을 자르며 놀고 있던
나도 꽃분홍 슬리퍼 신고 종종걸음으로 따라갔다

펌프질하는 아버지 팔뚝은 힘이 셌다
콸콸 뿜어져 나오는 물줄기도 힘이 셌다

웃통 벗고 수건을 벨트처럼
허리에 두르고 엎드려뻗쳐 자세를 한 아버지
자 시작
아버지 등에 물을 끼얹으며
시원하냐며 자꾸 물었다
어이쿠 우리 막내가 최고다

조약돌만큼 작고 매끄러운 다이얼 비누로
바위같이 판판한 아버지의 등을

깨끗하게 닦았다

날카로운 매미 소리
잘 드는 식칼이 수박을 자르듯
무더위 한 통을 쩍쩍 쪼개놓았다

침

턱받이에 흘리는 아기의 침
어린 시절 벌레 물린 곳에 발라주던 어머니 비상약
발 저리다고 투정부릴 때 콧잔등에 발라주던 아버지의 침
책장 넘기며 검지에 묻히는 침
밤새워 쓴 연애편지, 우표에 바르던 사랑의 침
사랑 나눌 때 서로의 육체를 탐하는 침
라마 수컷이 암컷 차지하기 위해 공중에 뿌려대는 침
진수성찬 앞에서 손보다 먼저 달려드는 침
돈뭉치 셀 때 엄지에 퉤퉤 묻히는 침
담벼락에 취객들 부호처럼 뱉어놓은 침
온갖 욕설로 비방할 때 상대에게 꽂히는 파편

저 온순하고 솔직하고 흥분하고 화내는 끈적한 분비물
침은 때로는 침샘이 아닌 마음 샘에서 솟는다

스키드마크

모항 갯벌
흰뺨검둥오리 새끼 무엇에 놀란 듯
주둥이에 물고 있던 쏙을 도로 뱉어내곤
양 날개를 몸에 붙인 채
재빠르게 달아나고 있다

갯벌이 노란 발목을 붙잡는다

순식간에 나타난 괭이갈매기 발톱으로 낚아채 간다

갯지렁이와 밤게들 화들짝 놀라 구멍 속으로 몸을 감춘다

갯벌 위에 새겨진 죽음의 제동거리

서서히 시간이 밀려와 흔적을 지운다

제3부

밑줄을 긋다

병아리들 봄볕 콕콕 쪼아대어 뒹구는 봄 햇살에 한 줄
오후 두 시 창가에 서성이던 연인의 그림자에 또 한 줄
책 읽다 내 품으로 들이고 싶은 착한 글귀에 한 줄

곳간에 숨겨두고 몰래 꺼내먹고 싶은 곶감 같은 것
가슴 밭에 심어놓고 틔우고 싶은 연둣빛 새싹 같은 것

난 누군가에게 기억되고 싶은 밑줄로 살고 있나
내게 밑줄로 남아 있는 사랑은 어디에 있을까
누에고치에서 비단실 뽑아내듯 지나온 밑줄 술술 풀어
내는 깊은 밤
또 하나 붉은 밑줄을 긋는다

어떡하지

메뉴 선택 고민을 한 방에 해결하기 위해 개발했다는 짬
짜면
가끔 시켜 먹은 적 있었지
눈과 혀가 칸막이 사이 게걸스럽게 넘나들며
얼큰함과 느끼함을 동시에 먹어 치우곤 했었지
그런데 먹고 나면 항상 속이 허전했어
두 개를 가졌는데도 한 개 가진 사람이 부러운 것처럼 말
이야

오래전 짬짜면 같은 연애를 한 적이 있었지
짬뽕처럼 얼큰하고 매운 국물 같은 사람 P
비가 올 때 찾던 사람이었지
짜장면처럼 달짝지근하고 느끼한 사람 M
햇살 쨍쨍하던 날 달려가던 사람이었지
내 마음 칸막이를 사이에 두고 팽팽하게 저울질했던 연
애 한 그릇
결정을 내려야 할 때 난 P와 M을 모두 떠났지
짬짜면 시대를 정리한 후 만난 H
우동처럼 담백한 맛을 가진 사람이었지
곱빼기를 먹어도 물리지 않았지

그때 알았어

두 개를 원한다는 것은 뒤집어보면 모두 원하지 않는다
는 것을

하지만 이것도 이젠 옛말

다시 짬짜면에 군침이 도는 건

어떡하지

황홀한 유배

불혹을 넘기고도 미혹을 살고 있는 나는,
위리안치圍籬安置
스스로 형벌을 자처했네
말발굽 소리처럼 당신을 향해 뛰어가는 두근거림을
감금해보려 마음 주변 빙 돌아 탱자나무 심었네
절대 넘어오지 마시오
내가 먼저 뛰어넘을까 두려웠네
빽빽이 둘러쳐진 가시 울타리 안에 갇혀 사는 동안
고동 빼먹듯 추억을 하나씩 꺼내 먹고
보고픈 마음 노랗게 곪을 때마다 마음의 가시로 톡 찔러
터뜨렸네
마음엔 피딱지 여러 번 생겼다 아물었네
잎보다 먼저 피는 탱자꽃
귀신도 넘지 못한다는 탱자나무 울타리
꽃향기만 매파처럼 뻔질나게 드나들었네
샛노랗게 켜진 그리운 열매 당신에게 들켜버렸네

소리의 안부

개미들, 매미 한쪽 날개 끌고 줄지어 이동한다

죽음의 광시곡 바람 속에 숨어들고

한여름의 절규,

어두운 통로 지나며

사방으로 찢겨진다

매미의 비명 어둠의 창고에 갇힌다

한여름이 닫힌다

매미 울음 듣고 한 뼘 자란 참나무잎들

치열했던 소리의 안부가 궁금하다

슬픈 연애

껌을 고를 땐 향기를 맡게 되지
사랑이 후각으로 시작되듯이 말이야
연애는 추잉껌 같은 거야
포장지를 벗겨 도도한 나를 한입에 쏙
입안에서 흐물흐물 온순해지며 흘러나오는 단물을 느껴봐
츄잉츄잉 즐겨봐
씹기만 해야 된다는 걸 명심해
오물오물 질겅질겅
동그랗게 굴려보고 납작하게 만들어봐
불량하게 날 가지고 놀아보는 거야
가끔은 저질스럽게 시끄러운 소리도 내면서
지루함과 무료함이 사라질 거야
질기고 딱딱해지면
쿨하게 헤어지는 거야

길바닥에 버려진 슬픈 연애들이여

소문

어느 날 씨알 같은 네가
내 귓속 파고들었지
제일 구석지고 어두운 곳에 착상했을 때
왠지 모를 짜릿함에 소름이 돋아났지
설마, 그럴 리가, 아닐 거야로 입덧을 하게 하더니
맞을 거야, 분명해, 틀림없어 등등
냠냠 맛있게 받아먹으며
무럭무럭 너는 자라고 있었지
널 잉태한 걸 후회할 때쯤
낙태하려 했지만 너무 늦었지
달 차오를수록 불룩해지던 귀
그러나 출산일 지나도 네가 나오질 않자 고통스러웠지
만삭의 귀 쩌억 가르자
그 안에서 악취의 애벌레들이 꼬물꼬물 움직이고 있었지
소문이라는 괴물의 자식들이었어

제5의 계절

어느 날
간절間節도 없이 문밖에 찾아온 당신은
제5의 계절이었어

허둥지둥 옷장 속의 옷들을 닥치는 대로 꺼내 입고
거울에게 물었지
당신이라는 계절에 어울리는 옷은 어떤 것인가요라고

작열하는 태양처럼 뜨거운 당신의 숨결이
슬립을 벗기고 온몸을 타고 흘러내렸어
시간들이 내 몸에 문신을 그리고 있었지

홍수가 나서 범람하는 흙탕물
둥둥 떠내려가는 매트리스 위에서 살을 섞는 연인처럼
우리는 간절하고 몰염치하게 서로의 육체를 탐닉했어

그리움을 전송하면 폭우로 답이 도착했어
문밖에 오도카니 앉아 옷이 흠뻑 젖었어
오들오들 떨고 있어도 웃음이 나와
당신은 내게 가학을 가르쳐줬지

폭설이 다녀간 후
당신은 커터 칼로 베듯 소식을 끊어버렸지
이젠 당신을 위해 더 이상 옷을 고르지 않아

하루하루
압생트보다 더 독한 당신을 마시며 서서히
눈이 멀고 중오도 희미해지고 있어
당신에게 무릎을 꿇었지

겨울, 가을, 여름
봄 앞에서 암전처럼 찾아오는 당신이란 계절,

희망의 촉수

삼십 촉 전구를 사러 마트에 갔는데 없더군요
밝기가 세 배나 강하고 전기료도 적게 드는 삼파장 전
구가
잘 팔린다는 직원의 설명에 추억의 필라멘트가 탁,
끊어지는 듯했어요

삼십 촉 백열등 그네를 타던
흙바람 벽 목로주점이 사라진 듯하고

긴 겨울밤 알전구 소켓을 딸깍
돌려 끄던 내복 바람의 아버지에 대한 기억이 사라진 듯
했지요
캄캄한 방 나란히 누운 형제들과 말똥말똥해진 눈으로
천장을 보면 꿈길이 환하게 열렸지요
어둠이 꿈을 자라게 했지요

몇 배나 밝아진 세상에서 사람들은
가도 가도 앞이 안 보이고 깜깜하다고 아우성이지요

로돕신 분비가 안 되는 야맹증 환자처럼

어둠의 불구자가 되어가는 우리들

집어등을 향해 몰려드는 오징어 떼처럼
지금 우리는 빛에 중독되어가고 있지요
더 밝게 더 눈에 띄게 더 멀리 보이게
올림픽 슬로건 같은 불야성인 도시를 거닐 때면
어둠이 시들시들해지는 것 같아요
꿈꿀 시간을 잃어가는 현대인들

희망을 꺼놓자고 어느 시인은 말했지만
인간은 어차피 희망이라는 빛을 향해 자라는
굴광성 식물

희망의 촉수를 조금만 낮춰야겠어요
어둠이 싱싱해질 수 있게

일어서라 詩여

정력을 뜻하는 vigor, 천둥을 뜻하는 Niagara 합성어인 비
아그라 특허 만료를 앞두고 국내 복제약 제품명이 화제다
연간 시장 규모가 천 억이라니 고개가 절로 숙여진다 황금
알 낳는 시장 선점을 위해 제약업계가 내놓은 약명들,

오르맥스
포르테라, 헤
라크라, 누리그
라, 프리야, 바로그
라, 그날엔포르테,
세지그라, 오르그라,
스그라, 자하자, 불티스

잘 서야 팔린다

이름들을 가만히 되뇌며 생각해보니 무슨 경제개발 구호
같기도 하고 심기일전에 효능이 있을 듯하다 詩想이 발기하
는 알약은 없을까 자꾸 지치고 눕는 시를 조몰락조몰락거리
다 스치는 이름 詩시그라 일어서라 詩여

식사대사가 생사대사

저녁밥 냄새 문고리 잡아당긴다
화장실로 들어간 최점례 여사
입을 최대한 크게 벌리니
쪼글쪼글 주름 팽팽해지고
이 빠져나간 말랑한 잇몸에 틀니 끼운다
강마른 두 손으로 받쳐 든 위쪽 틀니
엄지로 밀어 올리니 붉은 잇몸 물으며 딸깍
아래 틀니 검지로 지그시 누르면서 딸깍
앙다문 틀니 방문을 나선다

틀니, 식탁에 앉아 식사를 한다
불고기 잘근잘근 씹어 삼키고
겉절이도 아삭아삭 달게 먹는다
에미야 맛나게 잘 먹었다

노구老軀를 배부르게 한 틀니
뽀글뽀글 거품 나는 크린아이 세정제 속에서
이이이이 하얗게 웃고 있다

食事大事가 生事大事라

그리움의 속도는 무제한이다

강원 태백 레이싱파크 포뮬러 F1 결승 그리드*

네덜란드 입양인 리카르도 최

한국 이름 최명길

태극 문양 그려진 헬멧을 쓰고

핑크빛 도장을 한 경주용 자동차 콕핏**에 앉아 있다

출발 신호와 함께 설레는 질주가 시작된다

이십여 년 기다려왔던 뿌리 찾기의 길

기록에 남아 있는 입양 전 주소 서울시 미아 4동
어머니의 젖 냄새 향해

카레이서는 달리고 또 달린다

위험한 코너링에서 그를 잡아당긴 건 생모의 살내음

750마력 최고 속도 350킬로미터를 달려 도착한 종착지

어머니의 체크무늬 스커트 닮은 깃발만 팔락거린다

그리움의 속도는 무제한이다

* 자동차 경주에서 스타트 위치.
** 레이싱카의 운전석.

희망역

이 역은 전동차와 승강장 사이의 간격이 넓습니다
꿈이 빠질 염려가 있으니 조심하여주시기 바랍니다

라이, 라이어

헌헌장부, 그대와 함께
도원桃園을 거닐고 있네
노랑나비 두 마리 맘껏 사랑하네
도화 향기 그대의 도포 자락을 휘감네
느실난실 홍스란치마 봄바람에 날리고
부끄러움 잠뿍 묻은 도도록한 내 뺨을
암암한 눈빛으로 바라보네
갑자기 그대의 거친 숨결 귓가로 달려오네

아 몽유夢遊여

허영허영 그대를 기다리는 밤들
오겠다고 하고 오지 않는 사람
그대는 라이, 라이어

나무의 노래

한적한 숲길 그루터기 하나

바람의 손
레코드판 같은 나이테 위로
민들레 홀씨 살며시 내려놓는다

나무에 수록된 곡
〈그 해, 봄날〉
안단테안단테
숲속으로 퍼진다

그루터기 아래
다닥다닥 모여 앉은 운주버섯 청중들
귀를 열고 듣는다

벚꽃 개업식

오늘은 벚꽃 개업식 날
온 동네 술렁, 술렁
이장 허 씨
시골길 달린다
자전거 짐칸에
개업 선물로 받은
벚꽃 향기 한 박스 출렁, 출렁
벚꽃은 인심도 좋아라

제4부

프리지어

유성 오일장 생선 난전에 갈치 아지매
은빛 갈치 줄 맞춰 뉘어놓는다
해구름 간간이 머물다 가고
뜨내기손님의 헛흥정과 단골들 농담과 웃음
번갈아 드나드니 어느새 하루의 반이 접히고

일찌감치 파장을 한 부산댁
방석 밑 숨겨둔 마수걸이 돈 꺼내 꽃가게로 달려간다
오늘은 서른 해 동안 방에 누워 지낸 장애 아들 생일날
향기 한 끼 먹여주고 싶어
봄 내음 한 그릇 먹여주고 싶어
프리지어 한 다발 산다

향기 실은 마을버스 싱싱 달리고
동네 골목 문득 환해지고 버스 지날 때마다
즐비하게 늘어선 키 작은 집들 향기 맡으려
까치발로 서서 코 벌름거린다

어미보다 먼저 도착한 프리지어 향기
아들 방문 벌컥 연다

빛의 데시벨

빛에도 데시벨이 있다면 작은 소리로 틀어놓자
오색 조명등 시끄러운 변화가
우리 주위의 빛은 사방이 강도 높은 소음이다
빛의 소음 한가운데로 몰려드는 불나방들
조만간 빛의 청력을 잃게 될 것이다

늦은 밤 공원
오렌지 불빛 가로등 아래 벤치에 앉아
어릴 적 달빛 환했던 밤
안방에서 속삭이던 부모님의 사랑 소리와
깜깜한 방 안 이불 덮고 언니와 끝말잇기 놀이를 했던
그 시절 그리움을 듣는다

빛의 소리가 작을수록 추억은 크게 들려온다

냄새

불길처럼 사방으로 번진다
끝없이 발화한 동네를 뜨겁게 달군다
바람이 냄새를 집집마다 퍼 나른다
냄새의 모양과 소리에 대해 수군거리는 사람들
부림부동산이 냄새의 주인을 조심스레 지목한다
중앙빌라 103호
옆에 있던 럭키슈퍼, 무릎을 친다
그러고 보니 그 집 눈 짝짝이 할아버지 본 지 꽤 됐다고

경찰들이 냄새를 끄러 출동한다
현관문 강제로 열고 들어가자
냄새로 모두 타버린 집 안
찰칵, 찰칵 냄새의 주인을 찍는다
놀란 악취 폴리스 라인을 뛰어넘어 달아난다

깔딱 고개

봉정암 하산길
깔딱 고개 지점에서
깔딱깔딱 숨차게 올라오는 여인이 묻는다
절, 헥, 아직, 헥, 헥 멀, 었, 어, 요

조금만 가면 돼요
아직 멀었어요

동시에 대답한 남편과 나

여인은 갸웃갸웃
우린 머뭇머뭇

순간 돌이켜보니
이십여 년 결혼 생활 깔딱 고개 넘을 때마다
우리 부부는 늘 엇갈리게 대처했다

다 내려와서 막걸리와 파전을 앞에 놓고 다툰다
우린 깔딱 고개를 앉아서 또 한 번 넘고 있다

휘청거리는 오후

열 명의 부위별 전문가가 당신의 아름다움을 책임집니다

강남역 가는 441번 버스 안 광고
까무룩 잠든 K를 번쩍 깨운다

창밖 성형외과 간판들 우후죽순
자본의 단맛 본 칼잡이들
고객들 견적 뽑느라 바쁘다

문을 열고 들어서는 K
어떤 부위를 잘라드릴까요
비계는 전부 빼주세요
칼이 춤춘다

종량제 봉투 속 쓰레기처럼 꽉꽉 눌려진
열등감 저울 위에 오른다
한 바퀴 돌고도 반, 휘청
오후가 진저리친다

와각

비 그친 오후
달팽이 한 분 걸어가신다
더듬이 끝에 달린 눈으로 더듬더듬 허공에 길을 낸다
와각蝸角
달팽이 부드러운 뿔로
고요를 톡톡 두드린다

나선을 등에 지고 빗길 지나가는
젖은 맨발
재잘재잘 떠들던 풀들이 일제히 조용해진다

이별

쨍그랑,
접시가 깨졌다
차라리 잘 됐어
이 빠진 접시
버릴까 말까 고민했는데

다치지 않게 조심해서 파편을 주워 담고
물걸레로 닦았다

며칠 후
어디서 나왔을까
예리한 조각 하나
발바닥에 박혔다

사랑 2

젬피나무는 옆에만 가도 사람 몸에 젬피 향이 스며든다

젬피나무 있는 곳에 갔다 온 사람은 젬피나무 있는 데 안
갔다고 거짓말을 할 수가 없다

이가 아플 때 젬피 씨를 잘근잘근 씹다가 머금고 가만히
있으면 치통이 멎는다

멀미가 가라앉는다

젬피 가루를 넣고 담근 겉절이를 먹으면 중.독.된.다

젬피나무는 있는 집에는 있고 없는 집에는 없다*

* 공선옥 음식 산문집 『행복한 만찬』

현무암

차가운 돌
고체 덩어리

나 한때
너에게 흐르고 흘러
너를 녹였던 뜨거운 혓바닥
너의 몸 휘감았던 부드러운 손
너의 숨소리마저 집어삼켰던 빨간 언어

다 식어버린 후
몸 곳곳엔 불의 숨구멍, 불의 길
지나간 흔적들만 남았지

네가 나에게 낸 길 수천 개
수없이 많은 마음의 골다공 사이로 드나들던 너, 그린비
구멍 숭숭 뚫린 아픈 허파를 가진 사람처럼
쿨럭쿨럭 세상을 호흡하며
나 이곳에서 살아내듯 당신도 그곳에서 잘 살고 있겠지

남편을 낳다

며칠 동안 집에 와 계시는 시어머니
손주한테서 눈을 못 뗀다
쟤는 어쩜 하는 짓이 제 아비를 빼다 박았냐
태어날 때부터 붕어빵이더니 자랄수록 똑 닮아가네
시금치, 오이 싫어하고 사골국 좋아하고
깔끔 떨고
잔소리하면 눈 치켜뜨고
새끼발가락 휜 거 하고 어쩜 어쩜
어이구 내 새끼야 감탄사 날리시며 입꼬리 올라가는 시
어머니
그럴 때마다 나는 속으로 외친다
어머니 내 새끼거든요
어쩌나
난 이제까지 남편을 낳아서 키웠나 보다

복분자

　요즘 들어 개불마냥 흐느적거리는 고것, 자꾸만 힘 빠지는 거 같아 은근 기죽었던 라종팔 씨 엄순덕 여사 심부름하러 읍내 마트에 들렀네 간장, 설탕, 밀가루 고르다 둘러보니 복분자 술이 눈에 밟혀오네 냉큼 세 병을 집어 바구니에 담았네 마누라 갑짜 늘어난 이유는 필시 딱 고것 하나밖엔 없다고 생각하며 오토바이 시동을 걸었네

　엄 여사와 마주 앉아 곰취나물, 청국장 안주 삼아 복분자 술 주거니 받거니 하는데 아 이놈 봐라 취기보다 먼저 일어서는 고것 과연 복분자의 효력이라 엄 여사 조잘대는 입술이 앙증맞게 보이고 투박한 손은 목포다방 미스 조의 섬섬옥수로 보이는 게 아닌가 순간 참지 못해 와락 껴안으니 엄 여사 밀쳐내며 퉁을 놓는다 이놈의 영감탱이가 미쳤나 왜 내가 장순녀로 뵈냐 어림 반 푼어치도 없는 수작 말고 취했으면 어여 잠이나 자빠져 자 내가 그때 그 일 생각하면 이가 갈려 징글징글혀 방문 박차고 나가버린 엄 여사 달큰했던 공기가 식어버린 방 안 냉기만 도네 엄 여사 뱉어놓은 순녀가 추억의 KTX 타고 쌩하고 달려와 라종팔 씨 마음 한켠에 앉아 있네 복분자, 요강을 깨기는커녕 부부 사이만 금이 갔네 뒤란 대숲에 앉아 눈물 훔치는 엄 여사 조각난 마음 달거울에 붉게 붉게 비추는 밤이네

꽃, 지저귀다

　골든체리 한 쌍이 살았던 새장이 비었다 버릴까 하다 새
장 안에 꽃을 키우면 어떨까 싶어 작은 화분에 피어 있던 천
리향을 새장 안에 넣어두었다 새장 안의 꽃, 하루 이틀 지
나자 새장 속의 꽃이 새처럼 지저귀고 있었다 새장 문을 열
고 모이 주듯 물을 주었다 꽃들은 햇빛을 쪼아 먹으며 자라
고 있었다 날개 달고 조롱 밖으로 훨훨 날아간 향기, 온 집
안에 퍼득거리고 있었다

형광펜

책을 읽으며 형광펜으로 밑줄을 긋다가
가난한 선비가 반딧불이 빛과 눈빛으로 밤을 밝혀 글을
읽었다는 형설지공을 떠올린다

책장이 넘어갈 때마다 두꺼워지는 고요 한 권

도시에서는 찾아볼 수 없고
첩첩, 어둠이 쌓인 곳에 사는 반딧불이

神이 가방 속에 꼭꼭 숨겨둔 형광펜이다

연

연을 띄운다
얼레에 감긴 실을 풀면서
감실감실 멀어진다

물음표로 날다가 느낌표로 오르다가
마침내 마침표로 사라지는
우리들의 연緣

마음속으로 날아들어온 연戀
그리움 감겨 있는 내 마음의 얼레 풀고
바람 부는 날이면 나가자나가자 자꾸 보챈다

구름은 경계가 없다

잔디 위에 누워 하늘을 본다

구름 그림자가 내 몸을 스캔한다

느린 듯 빠른 구름의 걸음
뚫어지게 보고 있으면 움직임이 거의 없는 것 같고
딴생각을 하다 보면 어느새 놓쳐버리고

아상我相으로 뭉친 사람은 경계가 너무 뚜렷하다는
어느 노스님의 설법을 떠올린다

몸을 뒤집고 가재미처럼 땅 위에 달라붙어
멀뚱멀뚱 생각의 눈을 굴린다

한자리에 머물지 않으며 상像이 없는
구름은, 경계가 없다

나이테는 왜 둥근가

산 중턱에서 나무 둥치를 보았네
선명하게 새겨진 나이테
문득 생각의 동심원 퍼져가네

나이테는 왜 둥근가

폭풍을 잘 견디고
폭우를 잘 견디고
가뭄을 잘 견디고
추위를 잘 견디고

견딘다는 건 살아낸다는 것
둥글어진다는 것

저 스스로 몸에 새긴 등고선
지난 시간 끌어안고 있는 둥근 고요

둥치에 앉아
나이테는 왜 둥근가
시험지 받아 든 학생처럼 오래오래 생각하는데

바로 옆 상수리나무

발치에 둥근 열매 한 분 톡 떨어뜨리네

신이 정답을 알려주시네

아버지와 나

아버지가 좋아하셨던 셈베이 과자
한 번도 사드리지 못했다

성묘를 왔다
묘 상석 위에 제수와 셈베이를 올려놓고
절을 올린다
묏등의 잡초를 뽑는다
삐죽삐죽 나온 잡초들
　그 옛날 아버지에게 못되게 굴었던 나 같아서 힘주어 뽑
는다
　아버지는 나의 불효마저도 이쁘다고 품고 계신지 쉽게 놓
아주질 않는다
　비석 뒷면에 새겨진 내 이름
　셈베이에 박힌 파래처럼 난 아버지한테 영원히 박혀 있
는 푸른 심줄
　봉긋 솟아 있는 아버지를 꼬옥 안아드렸다
　후회가 봉긋봉긋 밀고 올라온다
　괜찮다 괜찮다
　아버지, 햇살의 손 당겨와 토닥토닥 등 두드려주신다

'사랑'과 '고요'를 담은 역설逆說의 미학
─신형주의 시세계

유성호(문학평론가, 한양대 국문과 교수)

1. 세계내적 존재로서의 양가성을 살아내는 내적 역량

우리가 잘 알듯이, 그동안 서정시는 '세계의 자아화'나 '동일성' 혹은 '회감回感'의 장르로 꾸준히 설명되어왔다. 자아와 세계 사이의 간극을 필연적으로 승인하고 그것을 탐색해 들어가는 '서사'와는 달리, 서정시에서는 '순간적 통합성'의 원리가 자명하게 받아들여졌던 것이다. 또한 우리는 경험적 세계를 재현하고 기억하는 것을 서정시의 중심적인 원리로 생각해왔다. 그래서 서정시는 세계와 갈등을 일으키지 않는 화해로운 경험을 중시하면서 그것을 '충만한 현재형'으로 발화하는 동일성 장르로 각인되어왔던 것이다. 하지만 우리가 서정시를 통해 경험하는 것이 그러한 통합성의 원리에만 있는 것은 아니다. 가령 세계와의 궁극적 화해 불가능성을 암시하면서도 그 안에서 인간의 자율성과 신성한 가치의 존재를 동시에 승인하려는 인식론적 고투도 우리는 얼마든지 만날 수 있기 때문이다. 말하자면 이는 서정시의 원리가 사물과 주체의 동일성이라는 화해의 세계관 위에 성립되었던 것에 대한 일종의 반작용이라고 할 수 있을 것이다. 세계와 일정하게 불화하면서도 세계로부터 완벽하게 탈주하려는 것을 경계하는 감각이 바로 서정의 또 다른 몫이기 때문이다. 우리가 읽게 되는 신형주의 시편들은 세계와 순조롭게 화해하지도 날카롭게 불화하지도 않으면서, 세계내적 존재로서의 양가성을 살아내는 이러한 시인의 내적 역량을 잘 보여주는 사례로 우리에게 다가온다. 이제 그 안으로 한 걸음씩 들어가보도록 하자.

2. 순연한 '슬픔'과 '사랑'의 미학

먼저 신형주의 시는 '슬픔'의 미학에 의해 일관되게 뒷받침되어 있다. 주지하듯 우리의 삶은 순간적인 일탈이나 욕망에 의해 무너지기에는 매우 견고하고도 지속적인 어떤 리듬을 가지고 있다. 그 기저基底에는 일관된 슬픔의 기운이 매우 선연한 흔적으로 자리잡고 있다. 신형주는 이러한 슬픔의 속성을 극명하게 견지하면서, 세계와의 불화와 화해 사이에서 수많은 삶의 표정들을 드러내준다. 이러한 신형주의 슬픔은 서정의 원초적 몫을 보여주는 효과를 견지하고 있다 할 것이다. 그리고 이러한 슬픔의 정서는 '사랑'의 행위와 존재의 안팎을 이루어간다. 물론 그녀의 시에 착색되어 있는 슬픔은 격정적 비극성이나 감정 과잉의 감상성을 동반하지 않는다. 오히려 그것은 차분하고 관조적인 자기 성찰적 성격이나 타자들을 향한 지극한 연민의 성격을 띠고 있어서, 우리는 그 슬픔을 인간 존재를 향한 시인의 가없는 사랑의 반영으로 읽게 된다. 따라서 그 슬픔은 극복되어야 할 부정적 정서가 아니라 인간의 보편적 존재 조건으로 우리에게 다가온다. 사랑이라는 행위 역시 마찬가지여서, 그것은 인간과 인간 사이 혹은 주체와 대상 사이에 개재하는 모든 친화적 정서나 행위를 총체적으로 표상한다. 다음 시편을 먼저 읽어보자.

그녀의 울음 우물 들여다본 적 있었지
깊이를 알 수 없는 어둠, 내 호기심의 옷자락 잡아당겼지

그녀의 이름 부르자 우물 벽 타고 튕겨 올라오던 에코
몇 초 후 다시 벽을 타고 미끄러져 내려가더군

갱도처럼 아래로 아래로 파 내려간 울음 우물
그녀의 몸은 늘 젖어 있었지

그녀가 언젠가 울음의 맛에 대해 들려준 적 있었지
울음이 짠맛이라는 것은 고정관념이라 했지
사카린 세 스푼 넣은 울음은

달짝지근하고 감미롭다고 했지
프로포폴 몇 방울 녹인 울음은
잠을 데리고 와 꿀맛 같다고 했지
성체를 혀에 녹인 듯한 울음은
無의 맛, 종교에 가깝다고 했지
그녀의 우물 속에는 여러 맛의 울음 들어차 있지

울음을 길어 올리는 건
의지 반 타의 반
울음을 길어 올리는 시간은
무시로

울음 우물 흘러넘치면
흰긴수염고래들 주파수로 동료를 찾아가듯
울음은 먼 곳의 울음을 듣게 되지
울음들 서로 만나 민낯 부비며
언어가 되고 아픔이 되고 위로가 되지

—「울음 우물」 전문

　시인이 들여다본 "그녀의 울음 우물"은 "깊이를 알 수 없
는 어둠"을 품고 있다. 우물 속에서 간절하게 불러본 "그녀
의 이름"은 어느새 우물 벽을 타고 올라갔다가 다시 그 벽을
타고 미끄러져 내려가는 왕복 운동을 지속한다. 여기서 우리
가 '그녀'의 신원을 알 수는 없지만, 어쨌든 시인이 의미 깊게

상정한 '그녀'라는 인물은 아래로 파 내려간 "울음 우물"처럼 자신만의 여러 가지 "울음의 맛"을 각인하고 있는 존재자이다. '그녀'가 "울음"을 길어 올리는 것은 무시로 이루어지는데, 이때 "울음 우물"이 흘러넘치면 그것은 "먼 곳의 울음"을 연쇄적으로 불러오게 되고, 그렇게 '울음들'은 서로 만나 몸을 부비며 궁극에는 시인의 '언어'가 되고 '아픔'이 되고 '위로'가 되어간다. 마침내 '울음'은 우물 속에서 "심해心海 밑바닥에 두툴두툴 솟아 있는 상처들"(「히레사케」)처럼 차츰 번져가게 되는 것이다. 그리고 이러한 '울음'은 필연적으로 신형주가 지향해 마지않는 '사랑'의 미학을 다음과 같이 이끌어온다.

> 칠흑 같은 산중 저 멀리
>
> 홀로 불빛 새어 나오는 집
>
> 당신이 살고 있다 했지요
>
> 길을 잡아당겨 클릭,
>
> 클릭해서 찾아간 그곳
>
> 무당벌레 같은 지붕을 얹은 오두막 한 채
>
> 뒤란엔 대숲 소리 소소 소소 요란했죠
>
> 반가운 미소가 환해지던 그곳
>
> 양푼에 메밀 비빔국수를 비벼 먹다
>
> 입가에 묻은 고추장을 닦아주며 낄낄대던 그곳
>
> 너른 품 안에서 종달새 지저귀듯
>
> 종알종알 투정 즐거웠던 그곳

둘이 있으면 두 마음 동백처럼 붉어지던 그곳

댓돌 위 두 켤레 신발 속에

달빛 고여 출렁대던 곳

나의 은신처

너의 도피처

우리들 사랑의 주소

그러나

이젠 찾을 수 없는 도메인,

당신.com

—「당신.com」 전문

    이는 '당신'이라는 대상에 대한 사랑의 슬픔을 노래한 시편이다. 시인은 다른 시편에서 "지금 이 순간도 서서히 사라져가는 색색의 동그란 기억들이 우련하다"(「가족 냄새」)라고 노래한 바 있는데, 여기서는 '당신'을 통해 이러한 기억의 우련함을 다시 한 번 표현하고 있다. '당신'은 칠흑 같은 산중에서 홀로 불빛 새어 나오는 집에서 살고 있는데, 이 외따로운 공간 감각이 '나'와 '당신'의 아득한 거리를 선명하게 말해 준다. "무당벌레 같은 지붕을 얹은 오두막 한 채"에서 '당신'과 '나'는 "반가운 미소가 환해지던" 순간과 "너른 품 안에서 종달새 지저귀듯/ 종알종알 투정 즐거웠던" 기억을 함께 가지고 있다. 그렇게 "두 마음 동백처럼 붉어지던" 곳은 사랑을 위한 "나의 은신처"였는데 이제 그곳은 찾을 수 없게 되었다. 그래서 시인은 "댓돌 위 두 켤레 신발 속에/ 달빛 고여 출렁대던" 기억과 그로 인한 상실감을 재차 고백하는 것이다. 그야말로 "저 홀로 빨갛게 익은 시간"(「사과는 좋은 거예요」)이 흘러서 "늘 지니고 다니는 우울 한 갑"(「우울의 힘」)을 선연하게 내보인 셈이다.

이처럼 신형주는 '슬픔'과 '사랑'의 힘으로 가닿는 서정시의 미학을 참으로 순연하게 노래한다. 하지만 신형주가 보여주는 기율 가운데 또 하나 눈에 띄는 것은, 그녀가 관념으로 직접 달려가는 것에 대해 거의 본능에 가까운 거부감을 가지고 있다는 점이다. 신형주는 사물의 질서와 주체의 내적 경험을 유추적으로 결합하면서 그 과정에서 필연적으로 발생하는 주체와 사물 간의 균열 형상을 포착하고 표현한다. 동시에 그 유추적 형상과 논리를 통해 독자적으로 발언하고 침묵하고 표상한다. 독자는 시인이 그려내는 풍경 사이에 끼인 비유의 그림자를 통해, 그녀가 세계내적 존재로서 발화해가는 세계 이해 방식을 아름답게 만날 수 있게 되는 것이다. 그 이해 방식의 감각적 가상이 바로 '슬픔'과 '사랑'이 아닐 수 없을 것이다.

3. 소통으로서의 서정시에 대한 메타적 인식

다시 한 번 강조하지만, 서정시는 근본적으로 주체의 '자기표현' 발화라고 할 수 있다. 하지만 그것은 자기 폐쇄적 독백으로 현상하는 것이 아니라, 구체적인 청자를 전제로 하여 대화적 소통을 욕망하는 언어 행위이다. 일찍이 하이데거(M. Heidegger)는 존재의 진리를 나타내는 언어가 본질적 언어이며 그것은 대화를 통해 가능하다고 하였고, 휠라이트(P. Wheelwright)는 인간의 본질적 특성을 인간이 화자인 동시에 청자일 수 있다는 점에 둔 바 있다. 말하자면 이들은 언어의 본질적 기능을 존재자들의 말 건넴을 통한 소통으로 본 것이다. 따라서 서정시가 이러한 소통 형식을 취한다는 것은, 서정시가 인간의 존재 형식을 가장 본질적으로 암시하는 예술임을 알게 해준다. 신형주가 사유하는 '시'의 본령 역시 이러한 존재 형식을 깊이 담고 있는데, 그 안에는 시를 향한 깊은 메타적 사유가 반영되어 있다.

詩井,
내 마음의 뒤란에 우물 하나 갖고 싶었지
하늘과 바람과 별과 당신의 소리들이 고여 있는 우물
감각의 샘 퐁퐁 솟아나고
사이다처럼 톡 쏘는 샘이 깊은 우물

시간이 지날수록 마른 우물

빈 우물 들킬까 겁나고 두려웠지
밤길을 걷고 걸어

남의 우물에서 물을 길어와 쏟아부었지
조심, 조심해도 길바닥에 흘린 비유들
우물은 금세 바닥을 드러냈고
사람들은 손가락질하며 비아냥거렸지
그 물맛은 가짜야라고

詩井,
내 마음이 우러나와 고이는 우물이었어

—「시의 우물」 전문

　　신형주 개인의 조어造語이기도 한 '詩井'이라는 어휘는, 일
차적으로는 '시의 우물'이라는 뜻을 함축하고 비유적으로는
시인 자신의 존재론적 수원水源을 함의한다. "마음의 뒤란에
우물 하나"를 마련하고 싶었던 시인으로서는 지극한 상상
속에서 "하늘과 바람과 별과 당신의 소리들이 고여 있는 우
물"을 가지는 것이 당연한 소망이었을 것이다. 아닌 게 아니
라 신형주는 시간이 지날수록 "마른 우물// 빈 우물"을 들킬
까 봐 두려웠지만, 지속적으로 물을 길어와 이곳에 쏟아부
음으로써 "내 마음이 우러나와 고이는 우물"을 스스로 만들
어낼 수 있었던 것이다. "가슴에 별을 간직한 사람은// 어둠
속에서 길을 잃지 않는"(「별」) 것처럼, 마음속에 우물을 만들
고 써가는 그녀의 '시詩'는 그렇게 세상과 적극 소통하며 대화
적 관계를 심미적으로 만들어간다. 다음 작품은 어떠한가.

병아리들 봄볕 콕콕 쪼아대어 뒹구는 봄 햇살에 한 줄
오후 두 시 창가에 서성이던 연인의 그림자에 또 한 줄
책 읽다 내 품으로 들이고 싶은 착한 글귀에 한 줄

곳간에 숨겨두고 몰래 꺼내먹고 싶은 곶감 같은 것
가슴 밭에 심어놓고 틔우고 싶은 연둣빛 새싹 같은 것

난 누군가에게 기억되고 싶은 밑줄로 살고 있나
내게 밑줄로 남아 있는 사랑은 어디에 있을까
누에고치에서 비단실 뽑아내듯 지나온 밑줄 술술 풀어
내는 깊은 밤
또 하나 붉은 밑줄을 긋는다
—「밑줄을 긋다」 전문

　시인은 온갖 사물의 운동과 외관과 속성에 밑줄을 그어간
다. 이 '밑줄'을 긋는 행위는 한편으로는 기억을 향한 욕망을
드러내는 것이기도 하겠지만, 무엇보다도 '시 쓰기'의 은유
적 대상代償 행위로 나타난 것이라고 보아야 할 것이다. 시
인은 "봄 햇살"과 "연인의 그림자"와 "착한 글귀"에 밑줄을
긋는다. 이러한 행위의 대상이 되는 것들은 한결같이 "곳간
에 숨겨두고 몰래 꺼내먹고 싶은 곶감 같은 것"이고 "가슴
밭에 심어놓고 틔우고 싶은 연둣빛 새싹 같은 것"이다. 그러
니 시인으로서는 "누군가에게 기억되고 싶은 밑줄"로서 살
아가는 것이다. "내게 밑줄로 남아 있는 사랑"을 그리면서

시인은 자신의 '시'가 "또 하나 붉은 밑줄"로 이어져가는 것을 소망하고 또 그것을 자신의 존재증명의 원천으로 삼아간다. 이렇게 "모세혈관을 타고 빠져나온 시어들"(「몽블랑」)이야말로 신형주의 존재론적 보고寶庫가 아닐 수 없는 것이다.

일찍이 일제강점기의 소설가 이태준李泰俊은 산문집 『무서록無序錄』에서 자신은 꼭 '책'이라는 기표를 '冊'으로 쓰고 있노라고 고백한 바 있다. 그는 이러한 상형象形 속에 '책'의 기능과 감각이 담겨 있다고 본 것이다. 하지만 이제 '책'은 '冊'의 외양과 기능을 떠나 상상적으로 기능의 외연을 한없이 넓혀가고 있다. 마찬가지로 '시' 역시 언어의 사원을 넘어 다양한 형상으로 그 원심적 확장을 거듭하고 있다. 표충적 질서로는 읽어낼 수 없는 심층의 문장이 다양하게 실험되면서, 우리 시대의 서정시는 그 외연과 내포를 한없이 넓히고 심화하고 있는 것이다. 신형주는 그 형상을 '우물'과 '밑줄'로 다양화하면서, 자신이 사유하는 서정시의 심층을 다채롭게 구현해간다. 소통으로서의 서정시에 대한 메타적 인식을 보여주는 것이다.

4. 낮은 목소리가 들려주는 역설의 이치

그럼에도 불구하고 서정시의 본령은 궁극적으로 자기 탐구로 기울어간다. 양식 소멸이 있기까지는 그 무게 중심을 자기 탐구에 바쳐갈 것이다. 그러나 이때의 자기 탐구가 곧 타자 탐구를 말하는 것임은 물론이다. 다시 말해 사물을 관

통하면서 자신과 맞닥뜨리는 방법, 곧 시 안에서 타자가 되어 타자를 표현하는 방법을 오랫동안 견지해갈 것이라는 것이다. 따라서 서정시라는 배타적 장르 규정이 유효한 한, 새 마련이 획기적으로 이루어지기까지 그것은 타자의 시선을 통한 자신으로의 회귀성을 포기하지 않을 것이다. 이 가운데 타자들의 삶을 세밀하게 관찰하고 표현함으로써, 어떤 궁극의 이치에 가닿고자 하는 욕망을 서정시는 오랫동안 견지해왔는데, 신형주는 특유의 낮은 목소리로 삶의 역설적 이치에 주목하고 그것을 다양한 타자의 시선으로 형상화해간다.

　　나는 오목한 것들을 사랑한다

　　아기 이유식 떠먹이는 앙증맞은 숟가락
　　제비 새끼 빼곡히 들어앉은 둥지
　　퇴근길 허위허위 돌아온 아버지의 허기 채워줄 밥공기
　　봄날 묵언 수행 중인 비구니 선방의 禪향기 오롯이 담긴 茶器
　　여름비 내리는 처마 밑 낙숫물 묵묵히 받아내는 양동이
　　가을 햇살 온몸으로 견뎌낸 빨간 고추 가득 들어앉아
있는 광주리
　　겨울밤 별빛 담긴 정화수 그릇

　　오목해야 찰 수 있다

　　마음 그릇 오목하게 만들어 진한 사랑 찰방찰방 담고

싶다

— 「와즉영」 전문

노자老子는 『도덕경』에서 "曲卽全 枉卽直 窪卽盈 弊卽新(곡즉전 왕즉직 와즉영 폐즉신)" 곧 유연하면 온전하고 굽히면 곧아지고 비우면 채워지고 낡으면 새로워진다는 말을 한 바 있다. 시편 제목으로 채택한 '와즉영窪卽盈'은 바로 여기서 유래한 것이다. 특별히 이 표현은 역설적 이치를 담고 있다는 점에서 매우 주목할 만한데, 시인은 비워야 비로소 채워진다는 역설逆說을 노래하면서 "오목한 것들"이 이러한 진리를 체현한다고 보았다. 그리고 그 세목으로 환유에 가까운 사물들의 나열을 수행한다. 그것은 "숟가락/둥지/밥공기/茶器/양동이/광주리/그릇" 등인데, 모두 무언가를 채우기 위해 우묵하게 들어간 사물들이다. 하지만 더욱 중요한 것은 이러한 사물들 앞에 시인이 붙인 수식어들이다. 가령 아기 이유식을 떠먹이고, 제비 새끼 빼곡히 들어앉고, 퇴근길 아버지의 허기를 채우고, 봄날 묵언 수행을 하는 비구니 선방의 '禪향기'를 담고, 처마 밑 낙숫물을 묵묵히 받고, 빨간 고추 가득 담고, 겨울밤 별빛을 담고 있는 것들인 셈이다. 말하자면 이들은 항상적으로 누군가를 위해 오목한 사랑으로 존재한다. "마음 그릇 오목하게 만들어 진한 사랑"은, "황홀한 결박"(「사랑 1」)처럼, 타자의 시선으로 가닿은 신형주 특유의 역설로 생성되고 있다.

마음에 귀가 있다
아픈 소리를 잘 듣는

귀의 골목길에 환한 등 켜놓고
돌부리 치워놓자
찾아오는 소리들 다치지 않게

들어준다는 것은 온몸으로 대꾸하는 것
진심이 흐르는 강물을 같이 건너는 것

청聽이란 글자를 보면
커다란 임금님 귀와
열 개의 눈,
그 밑에 마음 하나 겸손하다

사람들이 슬픈 소리 토해놓을 땐
사물들이 속삭이며 말을 할 땐
청聽하라

오롯이 받아 적으면 시詩가 되어
걸어 나오는 골목,

—「마음의 귀」 전문

시인은 자신의 마음에 "아픈 소리"를 잘 듣는 귀가 있다고 고백한다. 자신에게 찾아오는 소리들이 다치지 않게 "귀의 골목길"을 환하게 밝혀놓는 그녀는, '마음의 귀'로 들어주는 것은 진심이 흐르는 강물을 같이 건너는 행위와 등가가 됨을 역설한다. 그와 동시에 시인은 "청聽이란 글자"를 파자破字하여 "커다란 임금님 귀와/ 열 개의 눈,/ 그 밑에 마음 하나"로 풂으로써, 듣는다는 것이 참으로 낮아지는 행위임을 증언한다. "슬픈 소리"나 속삭이는 말을 "청聽하라"는 전언이 그것을 잘 말해준다. "당신만을 향해/ 주파수를 보내는/ 단 하나의 채널"(『해바라기』)은 그러한 전언의 변주라고 할 수 있을 것이다. 나아가 시인은 그것을 "오롯이 받아 적으면 시詩가 되어"간다고 말한다. "인간은 어차피 희망이라는 빛을 향해 자라는/ 굴광성 식물"(『희망의 촉수』)이니, 그 빛을 향한 운동처럼, 타인에게 말을 하는 것보다는 타인의 소리에 귀 기울이는 역설의 행위가 가장 빛나는 것임을 증언하는 것이다. 타자의 시선을 거쳐 더욱 성숙해진 낮은 목소리가 깊은 역설의 이치를 들려주는 순간이 아닐 수 없다.

이처럼 신형주는 소리 높여 어떤 방향이 옳다는 선형적線形的 진술을 심가면서, 혼돈과 깨달음 사이를 오가면서 충분히 낮은 목소리로 이러한 깨달음을 전하고 있다. 이러한 낮은 목소리가 우리의 삶에 비상한 활력을 부여한다면 그것은 왜일까? 그것은 다름 아닌 타자의 열망이 시 안에 투사되어 시인의 언어와 조우하면서 생기는 창조적 흔적 때문일 것이다. 따라서 서정시의 자기 탐구는 시인의 기능에 의해 발생하는 것이 아니라, 그 틈을 비집고 들어가 언어와 일체를 꿈꾸는 타자들 편에서 실현되고 완성되는 것일지도 모른다. 신형주 시편에 우리가 들어가 흔연한 소통을 나눌 수 있는 것도 바로 이 때문일 것이다.

5. 구체적 언어가 담아내는 '고요'의 미학

우리가 잘 알듯이 시의 언어는 더없이 구체적이어야 한다. 사물의 있는 모습을 생생하게 그대로 환기하려면 시의 언어는 그 사물이 지닌 사물감을 구체적으로 나타내게끔 감각적이어야 하고, 그것이 지닌 상호 연관을 풍부하게 구현할 수 있을 만큼 포괄적이어야 한다. 이처럼 시의 언어는 감각적 구체성과 함께 사물의 연관을 짧은 형식 안에 포괄하기 때문에 언어가 가진 잠재적 자질을 최대한 효과적으로 이용하지 않을 수 없다. 이때 언어는 일상의 사용에서 이미 얼마간 보편적이고 추상적인 성격을 획득했기 때문에 그것을 개별적이고 구체적인 사상事象을 표현하는 데 이용하려면 일정한 정련이 없어서는 안 되는 것이다. 신형주 시편에서 우리가 만나게 되는 구체적 사물은 먼저 '와각'이다.

> 비 그친 오후
> 달팽이 한 분 걸어가신다
> 더듬이 끝에 달린 눈으로 더듬더듬 허공에 길을 낸다
> 와각蝸角

112

달팽이 부드러운 뿔로

고요를 톡톡 두드린다

나선을 등에 지고 빗길 지나가는

젖은 맨발

재잘재잘 떠들던 풀들이 일제히 조용해진다

— 「와각」 전문

 '달팽이의 더듬이'를 뜻하는 '와각蝸角'은, 그 자체로 이미
사실적인 것이지만, 비유적으로는 아주 좁은 지경地境이나
매우 작은 사물을 비유적으로 이르는 말이기도 하다. 그런
데 이 작품에서는 그 내포적 의미가 일변하여 느리고도 깊
은 존재성으로 거듭나고 있다. 비 그친 오후에 "달팽이 한
분"이 허공에 길을 내며 걷는다. 그는 "부드러운 뿔로/ 고요
를 톡톡" 두드리면서 걸어가는데, "나선을 등에 지고 빗길
지나가는/ 젖은 맨발"로 인해 곁에서 "재잘재잘 떠들던 풀
들"도 일제히 조용해진다. 그야말로 고요의 연쇄이다. 시인
은 "책장이 넘어갈 때마다 두꺼워지는 고요 한 권"(「형광펜」)
을 말했지만, 그때는 "만나야 될 사람은 만나게 되는/ 순간
의 접점"(「낙석」)이기도 하였을 것이다. 고요의 연쇄가 구체
적 사물의 상호 연관성을 묶어가면서 이루어지는 순간, 신
형주의 미학은 다시 한 번 새로운 차원으로 도약한다.

 산 중턱에서 나무 둥치를 보았네

선명하게 새겨진 나이테
문득 생각의 동심원 퍼져가네

나이테는 왜 둥근가

폭풍을 잘 견디고
폭우를 잘 견디고
가뭄을 잘 견디고
추위를 잘 견디고

견딘다는 건 살아낸다는 것
둥글어진다는 것

저 스스로 몸에 새긴 등고선
지난 시간 끌어안고 있는 둥근 고요

둥치에 앉아
나이테는 왜 둥근가
시험지 받아 든 학생처럼 오래오래 생각하는데
바로 옆 상수리나무
발치에 둥근 열매 한 분 톡 떨어뜨리네
신이 정답을 알려주시네

　　　　　　　　　　—「나이테는 왜 둥근가」 전문

시인은 나무의 나이테에서도 "둥근 고요"를 발견한다. 산 중턱 나무 둥치에 "선명하게 새겨진 나이테"에서 "생각의 동심원"을 떠올린다. '나이테'가 폭풍과 폭우와 가뭄과 추위를 잘 견디기 위해 둥글다고 상상해보는 것이다. "견딘다는 건 살아낸다는 것/ 둥글어진다는 것"이기 때문이다. 시인은 나이테가 나무 "스스로 몸에 새긴 등고선"인데, 그것이 "지난 시간 끌어안고 있는 둥근 고요"라고 비유한다. "바로 옆 상수리나무/ 발치에 둥근 열매 한 분"이 떨어지자 그것을 신神이 알려주신 정답이라고 받아들이면서 말이다. 이처럼 "둥근 고요"에 다다르기 위해 시인은 그야말로 오랫동안 갈망해온 "그리운 열매"(「황홀한 유배」)를 상상하고, 나아가 "꽃처럼 피어나는 왁자지껄한 고요 몇 송이"(「나무의 귀」)를 끌어오고 있다. 구체적 언어가 담아내는 '고요'의 미학이 선연하게 전해져온다.

　지금까지 천천히 읽어온 것처럼, 우리가 신형주 시편을 신뢰의 눈으로 바라보는 까닭은, 그것이 아무나 흉내 낼 수 없는 직접적 경험의 세계인데다 한편으로는 그것이 근대의 이면을 비추어볼 수 있는 역상逆像의 기능을 충실하게 수행하고 있기 때문이다. 그만큼 우리는 그녀 시편을 통해 구체적 시공간에서 빚어진 사람살이의 양상을 사실적으로 경험하게 되고, 근대의 폭력성에 의해 밀려난 경험적 실재들을 어둑한 풍경 속에서 바라보게 된다. 그만큼 신형주 시편에서 풍경은 관념으로 직핍하지 않고 그 안에 일정한 사물의 구체성과 결합된 삶의 형식을 안고 있다. 그래서 우리는 시간의 흐름과 소멸을 형상적으로 암시해주는 이러한 풍경들이 오로지 시적으로만 재구성되는 인위적 공간이 아님을 경험하면서, 동시에 서정시야말로 실재와 대립하는 비실재를 결합시키며 실재와 환영(illusion)을 겹치게 하면서도 갈라주는 균형적 힘을 가진 양식임을 알게 되는 것이다. 신형주 시학이 그러한 생성 원리를 매우 전형적으로 구현하고 있는 것이다. 이제 이만한 '사랑'과 '고요'를 담은 역설의 미학을 완성한 그녀가 다음 나아갈 방향은 어떤 것일까? 아마도 그것은 더욱 심원한 삶의 이치를 근원적으로 투시하면서, 구체적인 사람살이의 현장을 실감 있게 담아내는 것이 아닐까 기대해본다. 그리고 우리는 신형주의 내적 역량이 그것을 충분히 감당해갈 수 있으리라고, 마음 깊이, 소망해보는 것이다.